رواية

# بوابة البشر

## نافذة البشر

د. جُمان الريحاني

إهداء..

إهداء إلى العاشقين من عالم الجن وعالم البشر

إهداء إلى كل القلوب في كلا العالمين

إهداء إلى الذين يحبون بصدق

إهداء إلى الذين يوفون بالوعد والعهد

إهداء إلى كل من يقدر الطرف الآخر وكل من يبقى
محل الثقة إلى الأبد


جمان الريحاني

## العوالم المختلفة

هذا العالم ليس محصورا على البشر، والبشر ليس وحدهم في هذا العالم، والمخلوقات ليس لها عدد ولا حصر، المخلوقات الموجودة في هذا العالم كثيرة ومتنوعة.

حتى وإن أدركنا قليلا ورأينا البعض وعرفنا جزء منها، وإن أدركنا وتعرفنا على بعض المخلوقات التي لم يعد لها مكان في الواقع اليوم.

فإن هناك التي عرفها الأولون، ولم يستطيعوا التعبير عنها ولم يتركوا لها أية أثر، ولا عنها أيه معلومات،

ولكن يبقى هناك سرّ في هذا العالم ويبقى هذا العالم مليء بالأسرار

كان هناك على بقعة من الأرض وفي زمن من الأزمان مكان جميل..

جبال وغابات وأراضي شاسعة، ووادي وهضاب، وبعض البيوت، ولكنها ليست كثيرة..

# الأميرة جوجونيا

كانت تعيش هناك فتاه تدعى جوجونيا، المعروف عن الفتاة التي تعيش مع جدتها، التي يقولون عنها أنها ليست إنسانا عاديا، من المعروف عن الجدة أنها كانت تتكلم وحدها أحيانا، وتنصح الناس ببعض التصرفات، وتمنعهم أو على الأقل تحذرهم من فعلها.

وقد كان كل يوم يلقى الخير كل الخير من يسمع كلامها، ويصاب بالأذى من يتجاوزه أو يسمعه فقط بأذنيه ولا يعمل به..

كانوا يقولون عنها أنها أخت الجن أو ابنته، لأنهم يعتقدون بأنها تراهم وتكلمهم

جوجونيا هي حفيدة الجدة، ولكنها ليست ابنة ابنتها ولا ابنة ابنها، بل هي ابنة فتاة كانت قد اعتنت بها الجدة وقامت بتربيتها، ويقولون أنها وجدتها أمام باب بيتها ذات صباح..

أما زوج ابنتها فهو شاب كان عابر سبيل ذات يوم، مر ببيتها وطلب منها المساعدة، فأعجب بابنتها وطلب الزواج منها.

وأقام في بيت الجدة ورزقا بالطفلة الجميلة جوجونيا وبعد مدة.. مرضت ابنتها، الفتاة التي قامت بتربيتها وتزويجها، وماتت..

فلم يستطيع زوجها العيش وراءها من حزنه عليها ومن شده حبه لها، كان يراها في ابنتها (ابنتهما) لدرجة أنه لم يستطع النظر إلى وجهها دون أن تنهمر

الدموع من عينيه، لذا وبعد معاناة مع الحزن لم يتحمل ألم قلبه فمات ولم يكن بينهما حتى مجرّد أسبوع من الزمن.

تركا للجدة طفلة صغيرة جميلة، ترى الاثنين فيها، وترى كذلك فيها حبهما لبعضهما.

اعتنت الجدة بالطفلة، وسهرت على تربيتها حتى أصبحت فتاة شابه جذابة ورائعة الجمال.

أصبحت الفتاه فتاة طيبة، وتعامل جدتها العزيزة بكل رفق وطيبة.

ولكن الجدة كانت قوية، ولا تحتاج لمساعدة أي أحد، بل كانت هي التي تقدم المساعدة للجميع.

كانَت للجدة تصرفات غريبة، وخاصة أنها تتكلم كثيرا وهي جالسة لوحدها..

لكن الناس يقولون أنها تكلّم الجن، أما من يراها من بعيد ولا يعرفها فيعتقد بأنها تكلم نفسها، لأنها تجلس لوحدها وأحيانا تتماشى في الغابة لساعات، وتصعد إلى الجبل أحيانا، لأنها تجمع بعض الأعشاب، والحشائش الخاصة بالعلاج..

تعلّمت جوجونيا الكثير من جدتها، فهي تعرف كيفية العلاج ببعض الأعشاب، وأيضا كيفية الاعتماد على أشعة الشمس، وعلى نور القمر، وما إلى ذلك..، لقد كانت لها طقوس خاصة تعلمتها من الجدة.

حرصت الجدة على أن تكون حفيدتها مثلها تماما، فكانت تشبهها في الطيبة والجمال وكذلك المعالجة..

ولكنها لم تكن قادرة على رؤية الجن، لم تفاتحها جدتها بالأمر مباشرة، ولكن كانت أحيانا تختبرها، وتسألها بعض الأسئلة، فيكون جواب جوجونيا مغايرا لما تريد الجدة سماعه.

لقد كانت حفيدتها عاجزة عن رؤية الجن لسبب ما، ولكن الجدة كانت مصرّة على أن تجعلها قادرة على رؤيتهم في يوم من الأيام.

كما أن الجدّة لم تكن مهتمة كثيرا لسبب عجز حفيدتها عن الرؤية، وأكثر ما كان يهمّها هو إيجاد حلّ لذلك.

ولكنها أيضا كانت مقتنعة بأن الأمر ما هو إلا مسألة زمن، ومع مرور الزّمن سوف تصبح الحفيدة مثلها بلا شكّ.

وهذا لم يجعلها تنسى الأمر أو أن لا تشعر بالقلق، بل كانت قلقة جدّا على حفيدتها التي تعيش مثل حالة العمى هذه وبدون سبب واضح.

لقد كان لديها أمل في أن تتضح للحفيدة الرؤية قبل وفاتها هي.

## مغادرة الجدة

مرضت الجدة يوما وكانت كأنها تعرف بأن ساعتها قد اقتربت، فأصبحت تحمل همّا كبيرا فهي شابة ووحيدة ولم تلتقِ بنصفها الآخر بعد.

كيف للجدة أن تترك حبيبتها وحيدة إذا ما حدث لها شيء وفارقت الحياة، لقد كانت هذا همًّا كبيرا تحمله الجدة حين مرضت..

قررت الجدة أن تقوم بأمر ما، وهو أن تجعل حفيدتها قادرة على رؤية الجنّ من أجل أن تصبح في مأمن أكثر

وعندما يأتي الوقت المناسب فإنها سوف تعثر على حب حياتها يوما ما، أما في الوقت الحالي، فيجب أن تتمكن فتاتها من رؤية الجن، وأن تُكوِّن صداقة معهم من أجل أن تكون في وضع يجعل الجدة تموت بسلام، ولا تتعذب روحها من بعد مفارقة الحياة.

تعلم بأن الوقت المتبقي لها لا يتجاوز أسبوعا، وهذه فرصتها لكي تقوم بتدريب حفيدتها على الرؤية الصحيحة، والكلام مع الجن، أخذت الجدة حفيدتها معها إلى الغابة، وطلبت منها أن تقوم بالتأمل والتركيز لترى ماذا يوجد في الغابة..

لم تكن ترى جوجونيا إلا الأشجار والحيوانات والطيور، ولا شيء غير ذلك، عجزت كل محاولات

الجدة لكي تجعل حفيدتها قادرة على رؤية الجن وسماعهم.

وداع الأحبة

ومرت الأيام بعد ذلك..، وفي صباح يوم.. قامت على صوت الجدة وهي تئنّ وأنّها تودّعها وتودّع الحياة، وأنّه لكل أجل كتاب، ولكل شخص يوم يودّع فيه الحياة،

وأنها لا تمانع ذلك فهذا هو أسلوب الحياة ويجب على من وراءها أن تعيش حياتها وأن تعتني بنفسها كانت جوجونيا تبكي وهي توافق جدّتها على كل كلامها.

أخبرتها الجدّة بوصيّتها، وأخذت عشبة صغيرة من جانب السرير وأعطتها لها.

وقالت لها:

قومي بغرسها فوق قبري، ويجب أن تقومي بسقيها بعناية لمدة أسبوع كامل حتى تظهر النبتة.

وعندما تخرج منها زهره بنفسجية، عليها أن تقطفي الزهرة.

وبعد ذلك قومي بتجفيفها، ثم اطحنيها واصنعي مزيجا من مسحوق الزهرة المسحوقة مع مياه البئر.

وعندما يصبح لديك مزيجا، هنا يأتي أهم جزء في هذه العمليّة، هنا.. يجب عليك أن تضعي المزيج على عينيك لمدة ليلة كاملة، واخلدي إلى النوم، وهي على عينيك.

وقالت لها:

لا تبكي يا عزيزتي..

سوف أخبرك بأمر جميل.

في الصباح الموالي بعد أن تقومي بكل ما أخبرتك به سوف يحصل معك أمر عجيب.

حبيبتي.. سوف تتمكنين من رؤية الجن وكل المخلوقات العجيبة، سوف ترين كل الأصدقاء، ولن تعاني من الوحدة بعد ذلك.

لقد كانت الجدة تواصل كلامها، وتقدم النصائح وهي على فراش الموت.

بينما الحفيدة لا تستطيع التوقف عن البكاء وذرف الدموع، ولكنها كانت تستمع لكلام جدتها بإصغاء مثلما طلبت منها الجدة.

لقد كانت طلبات الجدة التي شارفت على أن تلفظ أنفاسها بمثابة أوامر لجوجونيا، وعليها أن تُطبّقها بحذافيرها لأن في الأمر مصلحتها، وأيضا لأنها آخر ما تريده الجدّة منها.

## تنفيذ وصية الجدة

بعد وفاة الجدة، تمّ دفنها قريبا من بيتها بجانب البئر، الذي يقع خارج البيت فقامت جوجونيا بتحقيق كل طلبات جدتها، وحققت لها كل ما أمرتها به قبل وفاتها، وحققت لها رغبتها الأخيرة وأمنيتها، وغرست نبته فوق تربة الجدة كما أخبرتها تماما.

بكت وحزنت جوجونيا كثيرا في تلك الفترة، التي تلت وفاة جدتها لأنها حزينة جدا عليها، وشعرت بوحدة قاتلة، وكانت تتألم كثيرا لفراق الجدة الطيبة.

بعد مرور أربعه أيام..، أصبحت تحدث بعض الأمور الغريبة في البيت.

لقد بدأت جوجونيا تسمع بعض الأصوات في البيت وفي غرفتها، ولكنها لا تستطيع أن تفهم أو ترى شيئا، وكانت كلّما فتحت عينيها تظن بأنها كانت نائمة وتحلم..

كذلك اليوم عندما نظرت من النافذة، وجدت بأن النبتة قد ظهرت، ولكن الزهرة كانت صغيرة جدا ومغلقة، ولكن.. ورغم ذلك، فإن هذا الأمر قد أفرحها، فخرجت مسرعه وسقت النبتة، ولمست الزهرة التي تباركها جدتها.

أعجبت جوجونيا بالزهرة الجميلة، ولم تكن تريد حتى قطفها، ولكنها مضطرة لفعل ذلك، وفي اليوم التالي وجدت الزهرة كاملة النمو، ومتفتحة ورائعة أخذتها

بعد أن قطفتها، ووضعتها في البيت على طاولة الطعام.

بعد أن أخذت أوراقها.. بتلّاتها ورقة، ورقة، وقامت بتجفيفها وفي اليوم السابع، وجدتها جاهزة للاستعمال

أخذت من ماء البئر قليلا، وقامت بطحن الأوراق في الليل ومزجتها بالماء، وعندما قررت الخلود إلى النوم، وضعت المزيج فوق عينيها، وربطت عليها بشاش أبيض نظيف

## حياة جديدة


كانت تلك الليلة طويلة جدا، وفيها رأت جوجونيا أحلاما كثيرة، اعتقدت أنها لحظات تعيشها فعلا، وليست مجرّد أحلام رأت ذلك الحلم، كأن الجدة قد عادت، وأخذت بيدها فإذا هي طفلة صغيرة وتوجهتا إلى الغابة هناك.

لقد كانت الجدة حنونة جدا مثلما كانت في الواقع، لقد كانت الجدة هي حضن الأمان بالنسبة لجوجونيا، فقد اعتنت بها كل حياتها.

لقد كانت الصدر الحنون، والحضن الدافئ.

كانت هي معنى الحياة، ومعنى الوجود.

ولم يكن لجوجونيا أيّ شخص سوى جدّتها التي رحلت وتركتها لوحدها في وسط الغابة، التي أصبحت أكثر هدوءا، وكأنها لم تعد مأهولة بكل تلك المخلوقات التي كانت تراها جوجونيا، وتعتبرهم سكان الغابة والأصدقاء.

وعند مشارفها رأت الكثير من الحيوانات والمخلوقات الغريبة لقد كانت الجدة تمسك بيدي جوجونيا الصغيرة بإحكام وقد كانت المخلوقات الغريبة وغير المألوفة، ترحب بالجدة وحفيدتها الجميلة، والتي ترتدي فستانا بيج اللون وعليه مريلة وردية اللون، والكثير من الورود على شعرها، وكأنها أميرة صغيرة مع شعرها الأشقر الطويل المجعّد.

وعندما وصلت إلى مكان معين في الغابة..

حيث توجد شجرة كبيرتان ومنحنيتان في القمة إلى بعضهما البعض، وفي الأسفل توجد صخرتان، صخرة عند جذع كل شجرة، صخرة كبيرة تجعل المسافة بين الشجرتين أقل، وكأن الشجرتين تقتربان من بعضهما من الأعلى، وكذلك من الأسفل، لكي تحددان شكلا رائعا مع بعضهما، وكأنه إطار منهما أي الشجرتين، وبداخله يمكنك رؤية باقي الغابة.

لقد كان المنظر جميلا لمن يستطيع أن يرى الجمال في الطبيعة، وربّما غريبا لمن يرى أن الأشكال التي تجعلها الأشجار والصخور تصبح غريبة.

يمكن رؤية الأمر بالطريقة التي يوحي لك بها عقلك أنها ما هي عليه.

## بوابة البشر

عندما وصلت جوجونيا مع جدتها إلى ذلك المكان بالذات، كانت هناك بعض الأزهار الصغيرة وسط الأعشاب، أخذت منها الجدة بعض الأزهار، وسحقتها بين يديها، ثم ضمّت يديها إلى بعضهما البعض، وقرأت عليها بعض الكلمات.

لقد كانت الأزهار الصغيرة سريعة الجفاف بعد قطفها مباشره، ثم رمتها داخل الإطار الذي تشكله الشجرتين

المعمرتين، وإذا بهالة كبيرة بكبر الإطار، وما داخله كانت الهالة شفافة ولكنّها متوهّجة.

في تلك اللحظة، أخذت الجدة بيد الطفلة الصغيرة جوجونيا التي طلبت منها قبل ذلك، الجلوس على جانب الإطار كانت الطفلة تراقب ما تفعله جدتها، ولكنها صغيرة، ولا تفهم كل ما يجري حولها.

دخلت الجدة وحفيدتها من تلك البوابة الزجاجية عبر الإطار، ومعها العديد من الجن والأقزام والمخلوقات الغريبة، لكي يجد الكثير منها خلف الإطار أو خلف البوابة.

لقد كان ذلك الإطار بوابة، وطريقة فتحها كانت سحق تلك الأزهار البنفسجية الصغيرة، وقراءة في بعض الكلمات عليها، وكانت مخلوقات غريبة تعيش في ذلك المكان أو الجزء من الغابة ليس منها بل هو في داخل الإطار الذي تشكله الشجرتان.

## عيون جديدة

عندما استيقظت جوجونيا ذلك الصباح، كان سعيدة بزيارة جدتها لها في تلك الليلة، فقامت وتوجهت إلى قبر جدتها وألقت التحية على جدتها لقد كانت تسمع أصواتا ولكنها لا تفهم ما يقال وترى خيالا أو خيالات، لكن لقد رأته كان شخصا يقف هناك، خلف شجرة هناك، ليست بعيدة عن قبر جدتها، ولكنها لم تتأكد من وجود ذلك الشخص هناك، وعندما اقتربت من الشجرة لم تجد أي أحد خلفها.

عادت جوجونيا إلى داخل البيت وتناولت طعام الإفطار الذي جهزته، وهي تغني فقد كانت مبسوطة جدا.

جلست على الطاولة، وهي تأكل وتراقب الجوّ خارج البيت من النافذة، وكانت تشعر ببعض الحريق في عينيها، وأحيانا.. ترى بشكل ضبابي، ولم تعرف ما كان يحدث معها.

لكنها لم تكن تريد أن تفعل أي أمر، لأن هذا كان طلب جدتها، إذ يمكنها أن تعالج نفسها بنفسها بخلطة أعشاب، ولكنها أبت أن تفعل ذلك، وأنت تتبع وصفة جدتها.

بعد ذلك..، قررت جوجونيا أن تذهب إلى الغابة، فقد تعودت على الذهاب إلى هناك مع جدتها، وأحيانا كانت تذهب لوحدها، لكي تحضر بعض الأعشاب، وقد تذكرت بأنّها حقا قد ذهبت إلى ذلك، إلى مكان مماثل

للذي رأته ليلة أمس في حلمها، عندما كانت صغيرة أخذتها جدتها إلى مكان مماثل، وهي تتذكر ذلك الآن.

أخذت جوجونيا معها سلّة صغيرة، لكي تملأها بالأعشاب الطبية، وغادرت البيت، كانت أحيانا تحسّ بأن أحدا يلحق بها، ولكنها ما إن تلتفت وراءها حتى لا ترى شيئا..

كانت جوجونيا تمشي في الغابة، ولكنّها لا تعرف إن كانت فعلا سوف تجد ذلك المكان، الذي لم تزره منذ أن كانت طفلة صغيرة، كما أنّها ليست متأكدة من إيجاده.

مشت كثيرا..، حتى نال منها التعب، فجلست تحت شجرة، ثم رأت نهرا فغسلت وجهها، ثم استلقت تحت الشجرة التي كانت تمدّها بالظل، وترسل لها أشعة الشمس من بين الأغصان.

البوابة بين الحقيقة والخيال

شعرت جوجونيا بقليل من النعاس، والشمس تتوسط السماء، ثم قررت أن تكمل البحث، وإلا فإن الوقت لن يكفيها حتى للرجوع، فهي لم تتعود على الذهاب إلى الغابة مساءا.

بعد أن ارتاحت جوجونيا تحت شجرة قليلا، رأت ورقة من تلك الشجرة تكاد تسقط على الأرض، ولكنها لم تلامس الأرض أبدا، بل وكأنها تسير في الهواء، أراد أن تمسكها، ولكن الورقة كانت تبتعد عنها، أخذها

الفضول فأخذت سلتها الخالية وتبعت تلك الورقة، كانت الورقة تطير في الهواء وتتبع مسارا معينا، حيث تبعتها جوجونيا لمسافة طويلة.

وبعد ذلك كانت المفاجأة لجوجونيا، حيث وصلت إلى المكان المطلوب لقد قادتها ورقه الشجرة إلى المكان المقصود، أوصلتها إلى الشجرتين اللّتين تشكلان إطارا.

سرّت جوجونيا كثيرا لما حدث معها، وتذكرت هذا المكان الذي أعاد لها الكثير من الذكريات مع جدتها.

كما أنها تذكرت حلم ليلة البارحة جيّدا، فاعتقدت بأن تلك البوابة قد تكون حقيقية، كما أنها كما رأتها بالضبط في الحلم شجرتان وصخرتان حتى الأزهار البنفسجية الصغيرة موجودة، بأن ذلك الحلم قد كان رؤيا حقيقية حتى جفت بمجرد قطفها هي يبست في يدها.

قامت بعد ذلك جوجونيا بسحق تلك الأزهار بين يديها،
وضممتهما وأغمضت عينيها ثم فتحتهما، وبكل ثقة
قامت برمي المسحوق على الإطار وما بداخله،
وانتظرت النتيجة، ولكن للأسف لم يحدث أي شيء
على الإطلاق.

فجلست على إحدى الصخور على يمين الإطار، كما
فعلت في الحلم تماما، وراحت تسترجع حلمها مع
جدتها فتذكرت أن الجدة قد قام بقراءة بعض الكلمات
على المسحوق، وهي تضم يديها.

بعد أن تذكرت جوجونيا ذلك التفصيل الصغير، والمهم
لم تتمكن من معرفه الكلمات التي قرأتها الجدة.

لذا اعتقدت بأنه حلم ليس إلا، وأنها قد غاصت عميقا
في أحلام اليقظة أيضا، فقامت من مكانها وقررت
العودة إلى بيتها.

<h1 style="text-align:center">حقيقة البوابة</h1>

وما إن تقدمت خطوتين حتى أحسّت بأن شخصا يمسك فستانها، ولا يريدها أن تتقدم إلى الأمام شعرت ببعض الخوف، وتساءلت:

من هناك؟

ثم التفتت إلى الوراء لكي تجد بأن فستانها كان عالقا ببعض الأغصان أو جذع على الأرض ليس إلا،

فضحكت من نفسها وحررت فستانها، وواصلت السير حتى سمعت صوتا واضحا يناديها:

جوجونيا.. جوجونيا

جوجونيا.. لا تغادري..

ارجعي.. ارجعي.. وحاولي..

لا تيأسي..

ولا تنسي جدتك..

لقد كانت هذه وصيه جدتك

التفتت إلى الإطار، ولم ولكن لا أحد هناك أما الصوت فقد كان واضحا جدا، رغم الخوف الذي كان يتملكها إلا أنها عادت إلى الإطار.

وكانت ترى أخيلة ولكنها لا تميّزها جيّدا.

أخبرها الصوت بأن تغمض عينيها، لكي ترى جدتها تفتح البوابة، عندما كانت ترافقها وهي صغيرة كما في الحلم الإطار فتذكرت جدتها وكل ما كانت تفعله.

الغريب أنها سمعت صوت جدتها وهي تقرأ بعضها الكلمات على الأزهار التي بين يديها والتي قربتها من فمها، نعم.. لقد سمعت الكلام بشكل واضح، رغم أنه لم يكن كلامها مفهوما أبدا.

# عالم عجيب

فتحت جوجونيا عينيها، وقرّرت أن تعيد الكرّة فقطفت بعض الأزهار البنفسجية، وسحقتها بين يديها وقرّبتهما من فمها وأعادت قراءة تلك الكلمات، كما فعلت جدتها على الإطار الشجري.

فإذا به يصبح داخله هالة شفافة تتموّج كأنها أمواج من البحار صافية ولامعة، سرّت جوجونيا بما حدث معها، وعلمت بأن الخطة قد نجحت هذه المرة، فمدّت يدها وكامل جسدها، وانغمست داخل تلك الهالة المتموّجة،

داخل الهالة المتوهّجة، داخل الإطار، وأغمضت عينيها، وإذا بها تخرج من الجانب الآخر في العالم المغاير.

ليس هذا العالم بالتأكيد، حيث كانت هناك وراء البوابة جمع غفير من المخلوقات العجيبة في انتظار القادمة من عالم البشر، وهكذا اكتشفت جوجونيا سرّ البوابة، وفتحت عيناها، لكي ترى كل هذه المخلوقات العجيبة.

لقد أصبح بصرها جيّدا، وكانت الخلطة السحريّة التي وضعتها على عينيها ليلة البارحة جيدة، وذات مفعول رائع.

فوجئت جوجونيا برؤية كل تلك المخلوقات، من أقزام وحوريات البحريات، وعرائس بحر، وعمالقة، ونباتات متكلمة ذات أجسام تتحرك بها رؤوس تشبه البشر قليلا، وتختلف عنهم كثيرا.

وحسناوات تطرن بأجنحة فراشات شفّافة وبأجنحة تشبه أجنحة النحل، ومخلوقات شفافة، شفافة الأجسام وكل كان له لون يختلف عن الآخر، لقد كان لكل مجموعة من المخلوقات قائدا أو رئيسا ذكر كان أو أنثى، ولكن كان لهذا العالم بأكمله ملكه واحدة، وهي رئيسه كل المخلوقات بكل أنواعها وباختلافاتها المختلفة.

كانت الملكة بمثابة الأخت للجدة، وهي تشبهها قليلا من ناحية العمر والحكمة والروح، أما من ناحية الشكل فهي مختلفة تماما، كانت قصيرة وبدينة ولها آذان طويلة وشعر طويل ورمادي اللون.

تمّ الترحيب بالبشرية جوجونيا، وتمّت دعوتها إلى قصر الملكة التي كانت في انتظارها بالطبع.

لقد كانوا في انتظارها لوقت طويل..

فهم كانوا يريدونها أن تراهم وأن تصبح منهم، منذ أن كانت جدتها حيّة ولكن لم ينجح الأمر، ومنذ وفاة جدتهما وهم في انتظارها.

لم تكن جوجونيا هي الوحيدة التي تشعر بالوحدة، بل كل عالم الجن وكل من في المملكة، كانوا يشعرون

بالوحدة بعد وفاة الجدة، وكانوا يتحرّقون شوقا لأن تدخل جوجونيا عالمهم، لكي يدخل إلى عالمهم بشري من جديد.

كانت الملكة مرحابة جدا، واستقبالها لها أعاد لجوجونيا جوّ الألفة والأسرة، ولم تعد تشعر بأنها وحيدة جدا جدا بما تراه فقد أصبح لها العديد من الأصدقاء، بل أصبحت لها عائلة، وفيها أفراد كثيرون..، لا يمكنها حتى أن تحصي عددهم.

فقد كانوا يظهرون لها الحب ويحبونها كثيرا، وحبهم لها لم يكن وليد تلك اللحظة، فهم على عكسها لازالوا يتذكرونها عندما كانت تأتي إليهم مع جدّتها، وتلعب معهم وتقضي الكثير من الوقت هناك، في مملكة الجن

كان الزمن مختلفا بين مملكة الجن وعالم البشر اختلافا كبيرا، والوقت هناك الكثير لا يساوي إلا بعض الوقت

في عالمنا، ولكن لا يتغير شكل البشري عندما يكون هناك، فلا يمر عليه الوقت كما يمرّ في عالمهم.

فكانت جوجونيا تقضي الكثير من الوقت بعد الظهر في مملكة الجن.

ويستمر وقتها الذي تقضيه هناك لساعات، وساعات، بعد الظهر، وعندما تعود تجد بأن الزمن مازال ظهرا في عالم البشر.

## أصدقاء مقربون


وهكذا أصبحت جوجونيا كل يوم تتعرف على أشخاص جدد، فقد كانت المملكة مليئة بمختلف المخلوقات الغريبة والجميلة، وكلهم يحبون البشريّة جوجونيا أميرتهم القادمة من عالم البشر، ولكن كان هناك المميزون طبعا والمقربون إليها

من المقربين كان القزم رالف والعملاق جون والحورية مارديت والفراشة هيوبن

بالنسبة للفراشة والحورية فقد كانت من أكثر المقربات إليها، وقد كانتا ترافقانها دائما وفي كل مكان، حتى عندما تخرج إلى عالمها فإن باستطاعتهما مرافقتها لكي تؤنسا وحدتها، ولأنهما أيضا تحبان ذلك.

لكن لقد كان أمر ملكة الجن أن ترافقاها في كل مكان، لكي تساعداها في التعرف على مملكة الجن، ومساعدتها في مختلف الأمر.

## لقاء الأمير


وفي يوم خرجت من نافذة البشر، والتي تطلّ على عالم البشر، والتي هي الإطار الذي ترسمه الشجرتان والصخرتان، فإذا بها تجد رجلا يعطي ظهره للنافذة، ومعه حصان الذي خاف وفزع صاحبه لأن جوجونيا خرجت من العدم التفت الشاب.

والذي كان يحمل فأسا إليها وسألها من أين جاءت؟ فأخبرته بأنها كانت في الغابة،

وقالت:

لقد كنت في الغابة وما الغريب في ذلك؟

فقال لها:

لقد فاجأتني ليس إلا، كما أنا لم أسمع صوت مشي الأقدام

فسألته هي عمّا يفعله هنا بالذات في الغابة وقالت:

هل أنت حطّاب؟

ولما الفأس معك؟

هل أنت حطّاب؟

ولكن.. لا يبدو ذلك من هيئتك.

أجابها الفارس وهو خائف قليلا:

أنا من الفرسان، نعم..، من فرسان الملك

**جوجونيا:**

ولكن ماذا تفعل هنا؟ ولماذا الفأس في يدك؟

فقال لها:

كنت أحاول قطع هذه الشجرة التي وراءك.

فقالت له:

ويحك ماذا تقول لا.. لا يمكنك فعل ذلك.

أنا لن اسمح لك بفعل ذلك.

**الفارس:**

وهل هذه الغابة لك؟

أم الشجرة هي التي لك؟

**جوجونيا:**

نعم.. هذه الغابة لي إنها لنا جميعا، وللحيوانات أيضا

لا يمكنك فعل ذلك.

**الفارس:**

حسنا.. لقد فهمت.. ولكن.. هاتان الشجرتان هما في طريق الجنود.

وتعيقان المسير، لقد سقط جندي اليوم إنها في طريق المارّة.

**جوجونيا:**

لا.. أرجوك لا تفعل ذلك.

**الفارس:**

أظن أنها تعني لك الكثير.

حسنا.. لن أفعل ذلك.

ولكن سوف أزيح فقط الصخرتين عن الطريق.

**جوجونيا:**

رجاء.. الصخرة لا.

لا تلمس شيئا، لو سمحت..

رجاء.. أنا أتوسل إليك.

**الفارس:**

يبدو أنك متعلقة حقا بهذا المكان.

**جوجونيا:**

نعم..

**الفارس:**

حسنا.. لن أفعل شيئا

أرجوك لا تحزني..

وإن أردت يمكنني المغادرة في الحال

تراجع الفارس عما كان يهمّ بفعله، لأن جوجونيا كانت قد بدأت تبكي، وهي تفكر فيما سيحصل لعالم الجن، وتفكر في جدتها.

وكانت دموعها التي سقطت على خديها، كادت أن تجرح قلبه وتدميه، لذا قرر الفارس التراجع عن قراره بقطع الشجرتين.

بداية الحب

اعتذر الأمير من جوجونيا، وجلس على الصخرة،
وراح يكلمها بلطف ويحاول أن يجعلها تتجاوز
الموضوع، وتتوقف عن البكاء.

فكان يلاطفها، ويحاول أن يغيّر الموضوع، فقال لها:

أنا اسمي جيري.

جوجونيا:

أليس تصغيرا لاسم جيرالد..

مثل اسم الأمير جيرارد ابن الملك، وأمير البلاد.

**الفارس:**

لا إنه اسمي.. إنه اسمي دائما.. أنا اسمي جيري

دائما جيري

قالت له:

سررت بالتعرف عليك يا جيري

دائما جيري.

**الفارس:**

وأنا أيضا سررت بالتعرف عليك.

**جوجونيا:**

شكرا.. لأنك لم تقطع الأشجار، إنها تذكرني بجدتي
التي ماتت قبل أسبوع.

**الفارس:**

أنا آسف.. لم أكن أعلم ذلك.

**جوجونيا:**

شكرا لك..

بعد أن قام بتعزيتها، أخبرها بأنّ السبب وراء رغبته في قطع الشجرتين، هو أنه قد سمعت من بقيّة الجنود بأنهم أحيانا يتفاجأ أحدهم بها في طريقه.

بل.. وأحيانا يسقطون أرضا من على أحصنتهم بسببها،

إنها تقف عائقا في طريقهم وهكذا.

أخبرته جوجونيا بأن الأشجار تعني لها الكثير، أن الشجرتين هاتين بالذات تعنيان لها الكثير الكثير، ولا يمكنها العيش بدونهما، فقد كانت تحاول أن تجعله يزيل الفكرة من رأسه تماما.

لقد أخبرته بأنها تذكرها بجدتها التي ماتت، وهي وحيدة في هذه الغابة، وليس لديها إلا بعض الذكريات التي تحاول الحفاظ عليها.

استغرب جيري كثيرا من كلام جوجونيا، فهو لم يكن يعلم سابقا، بأن الناس تحتفظ بالذكريات الجيّدة، وهي عزيزة عليهم إلى هذه الدرجة.

لقد رأت بأنها فتاة حسّاسة للغاية وشاعرية.

أما بالنسبة لجوجونيا فقد كانت ترى بأن إقناعه صعب جدا، ولكن لا يوجد حلّ أمامها إلا أن تترجاه لكي لا يفعل أي شيء للبوابة، دون أن تشرح له حقيقة الأمر.

ثم سألته وقالت:

هل تقدّم لي معروفا يا جيري؟

**الفارس:**

تفضلي.. إن كنت استطيع ذلك طبعا.

**جوجونيا:**

بلى.. تستطيع فأنت من جنود الملك.

**الفارس:**

تفضلي..

**جوجونيا:**

أريدك أن تتوسط لي عند الملك، لكي يصدر أمرا في الجنود بعدم التعرّض لشجرتين ولا للصخرتين.

**الفارس:**

سوف أفعل ما في استطاعتي..

**جوجونيا:**

هل حقا تعني ذلك؟

**الفارس:**

نعم.. أعدك، والفارس عند وعده.

**جوجونيا:**

شكرا لك..

أعجبت جوجونيا بشهامة الفارس جيري، كما أن جيري قد أعجب بكلام جوجونيا عن الغابة، وعلاقتها وصلتها بالغابة وأشجارها وصخورها.

لم يسبق أن تعرّف جيري على فتاة مثل جوجونيا، ولا على أية فتاة تشبهها أو تتكلم مثلها.

لقد كانت تبدو من حيث الشكل الخارجي تبدو مثل الأميرات.

ومن حيث كلامها وتصرفاتها، كانت تبدو مثل الملاك لقد كانت جميلة ولطيفة، وحنونة وبريئة..

وقد كان يراقب تصرفاتها، وكيف كانت تتعامل مع الحيوانات في الغابة، وأيضا الأشجار والنباتات..

كانت بالنسبة إليه فتاة عجيبة.

لم ير في حياته فتاة مثلها.

لم يكن يعلم جيري بأن هذه الفتاة الجميلة، موجودة وفي مملكته بالذات

فلو كان يبحث عنها، ربما لم يكن محظوظا لكي يعثر عليها.

**الاهتمام والرعاية**

أراد جيري أن يرافق جوجونيا إلى بيتها لأن الوقت
كان يقترب من الغروب، لكنها أخبرته بأنها تعرف
الغابة جيّدا ولا داعي للقلق، وطلبت منه أن لا يخاف
عليها في الغابة أبدا.

لم تكن جوجونيا تخاف الغابة، وبعد أن تمكنت من
عبور البوابة، ودخول عالم الجن، أصبحت تتمتع
بشجاعة أكبر من ذي قبل..

وقد كانت جدتها قد ربتها على الشجاعة، وأنه لا يوجد ما يخيف في الغابة بأكملها.

لقد كانت الجدة أيضا تتمتع بقلب قوي وبإرادة كبيرة، وكانت معالجة، وعالمة أعشاب، ولم تكن أبدا إنسانة عادية، لقد كانت تتنقل بين العالمين بسهولة، ولم تكن تستطيع أن تعيش بدون عالم الجن.

لذا كانت مهمتها في عالم البشر، أن تحافظ على البوابة فقد كانت بمثابة الحارسة عليها، وهذه المهمة أصبحت اليوم مهمة جوجونيا.

أما جوجونيا لقد أعجبت بشهامته وشجاعته، فكل تصرفاتها كانت تنبع عن الشهامة والنبل، وهذه هي أخلاق الفرسان، كما أنه وعدها بأنه سوف يلبي طلبها..

عادت جوجونيا إلى بيتها، وهي لا تصدق كل ما صادفها اليوم، لقد كان ذلك الجندي الفارس جيري شابا شهما.

## سحر الحب

أصبحت جوجونيا منذ أول يوم دخلت فيه إلى مملكة الجن، تستطيع رؤية الجن والحوريات، وكل المخلوقات الخفية والتي لا يمكن للبشر العاديين رؤيتها.

عندما افترقت مع شاب، كانت ترافقها الحورية مارديت والفراشة هيوبن واللاتي أعجبتا بالشاب كثيرا.

يبدو أن الشاب جيري قد كان له سحره الخاص الذي ألقاه على الجنيات وجوجونيا أيضا.

لم يمر الأمر مرور الكرام، ولكن الحورية والفراشة قد علّقا عليه وهما تشعران بالسعادة.

فقالت الحورية مارديت:

لقد أعجبني هذا الشاب النبيل.

**الفراشة هيوبن:**

أظن أنه هو أيضا معجب بنا.

**الحورية مارديت:**

معجب بنا؟

**الفراشة هيوبن:**

نعم.. أقصد أنه معجب بإحدانا.

**الحورية مارديت:**

وهل هو يستطيع أن يرانا.

**الفراشة هيوبن:**

إنه معجب بمن يستطيع رؤيتها.

**الحورية مارديت:**

هل تقصدين...؟

**الفراشة هيوبن:**

نعم..

وما رأيك أنت ألم تلاحظي شيئا؟

**الحورية مارديت:**

طبعا.. لقد لاحظت.

**الفراشة هيوبن:**

إذن أنت تتفقين معي.

**الحورية مارديت:**

نعم طبعا.. وأؤكد أنه معجب.

**الفراشة هيوبن:**

معجب.. معجب..

**الحورية مارديت:**

بل أظن أنه وقع في حبها.

وذلك يظهر من نظراته وكلامه.

احمرت جوجونيا خجلا، وهي تعلم بأنهما توجهان لها الكلام، وحاولت أن توقفهما عن قول المزيد فقالت:

توقفا عن هذا..

لا أريد سماع المزيد.. لو سمحتما.

**الفراشة هيوبن:**

أنت أيضا شعرت بذلك، لذا احمر وجهك خجلا.

أليس كذلك، وراحت تغني، وتقول:

"إنها هي أيضا معجبة"

**الحورية مارديت:**

يبدو عليك انك أيضا معجبة به يا جوجونيا

ولكن معك حق، إنه شاب رائع.

أنا أرى بأنكما تشبهان بعضكما البعض كثيرا.

**الفراشة هيوبن:**

وهو مناسب لك

نعم.. مناسب تماما.

إنه شاب رائع.

إنه يبدو كالأمير.

ألا تظنان ذلك؟

**الحورية مارديت:**

ربما.. ولكن الواضح هو أنه معجب بك

وقد أعجبنا به نحن جميعا أيضا.

**الفراشة هيوبن:**

نعم.. أعجبنا كثيرا

**الحورية مارديت:**

أنت توافقينني الرأي إذن يا هيوبن

**الفراشة هيوبن:**

نعم.. طبعا..

أوافقك تماما.

هذا رائع.

الحورية مارديت والفراشة هيوبن:

نحن نشعر بالسعادة.

**الفراشة هيوبن:**

يا للروعة.

# فصل جديد


كانت جوجونيا تأخذ معها من مملكة الجن، بعض الأقزام والجن والحوريات لكي يؤنس وحدتها، ولا تبقى وحيدة في ذلك البيت.

خلدت جوجونيا إلى النوم وسط فراش مليء بالأحلام عن الفارس الشجاع جيري.

وفي الغد.. عندما فتحت جوجونيا عينيها تخيلت للحظة بأن ذلك الفارس نائم على السرير بجانبها، ثم عرفت

بأنها تحلم أو أنها رؤية فضحكت لتجد الفراشة هيوبن بجانبها تضحك وقالت لها:

أنت تحبينه لقد كنت أعلم ذلك.

كانت الحورية مارديت تعد الطعام الإفطار.

لقد كانت مارديت حورية من مملكه الجن، ولكنها هنا، وبعد أن تخرج من نافذة البشر تتحول إلى بشرية تسير على قدمين ولكنها غير مرئية، فجوجونيا هي الوحيدة التي يمكنها رؤية الجن.

مزحت الفتيات مع بعضهن وهن على مائدة الإفطار، وكان الأقزام يقومون بالسهر على حديقة جوجونيا ونمو الخضراوات فيها والفواكه، والأعشاب العطرية والطبية.

وما هي إلا لحظات حتى دق أحد باب بيت جوجونيا، مع أنها لم تكن تنتظر أحدا في هذا الوقت المبكر من الصباح لم يكن هناك من يطرق بابها إلا بعض الذين

يطلبون العلاج من زبائن جدها الأوفياء، ولكن موعدهم في العادة بعد الظهر.

فالجدة كانت تعطي الأدوية للزبائن بعد الظهر بينما تخصص الصباح لصنع العلاجات المختلفة، لأنها كانت تفضل أن تقطف الأعشاب نظرة وطازجة صباحا، وتصنع منها العلاج، ماعدا بعض الأعشاب، التي تفضل أن تنقعها طوال الليل، لذا كانت في الصباح تصنع منها العلاجات.

وقد أصبحت جوجونيا تفعل كلما كانت تعلمه لها جذبتها وكلما كانت تفعله الجدة.

لقد كانت جوجونيا وفيّة لجدتها، ووفية للعلاجات، فلم تكن تغير في الوصفات شيئا، ولا تغير الطريقة لأنها تعلم بأن هذه الطريقة في صنع العلاج تعطي نتائج جيّدة ومضمونة وهذا عن الخبرة لسنوات.

لذا فإنه عندما تمّ طرق الباب في الصباح الباكر، لم تتمكن من تخمين من قد يكون الطارق في هذا الوقت، الذي مازال يعتبر مبكرا.

عندما فتحت الباب واختبأت الجنيات، وجدت الفارس الشاب جيري.

تفاجأت جوجونيا كثيرا، فقال لها:

**الفارس:**

مرحبا .. ا .. ا .. صباح الخير

**جوجونيا:**

صباح الخير

هذا أنت ..

**الفارس:**

نعم هذا أنا اعتذر لمجيء في هذا الوقت المبكر.

**جوجونيا:**

لا بأس ولكن ما الذي تفعله هنا؟

وكيف عرفت أين يقع بيتي؟

**الفارس جيري:**

لدي صديق يعرف كل الغابة وعندما أخبرته عن فتاة جميلة (بعد أن قال جميلة احمر خجلا) تعيش هنا بشعر طويل بني يميل إلى الأشقر، وصف لي مكان بيتك، وقد كان الأمر ضروريا لذا طلب من صديقي المساعدة

**جوجونيا:**

أمر ضروري ولكن ماذا هناك؟

**الفارس جيري:**

نعم.. ضروري وغاية في الأهمية.

**جوجونيا:**

ولكن ما هو؟

**الفارس جيري:**

أردت أن أخبرك بأن الملك قد اصدر قرارا بعدم قطع الأشجار من الغابة عامة، وتلك الشجرتان بشكل خاص، وعدم تحريك أو أزاحه الصخرتين.

**جوجونيا:**

هل أنت صادق؟

**الفارس جيري:**

نعم.. وشرف الفرسان.

**جوجونيا:**

هل أنت متأكد

**الفارس جيري:**

جدا.

**جوجونيا:**

أنا لا أصدق يا لهي

شكرا لك يا جيري.. كيف يمكنني أن أشكرك؟

وطبعت قبلة سريعة على خده من شدة فرحتها، ولم تلاحظ ما فعلته.

لكن جيري قد شعر بتلك القبلة الحنون الدافئة المليئة بالمشاعر، وقد وضع يده على خده لبضع الوقت، والحورية والفراشة تراقبانه من وراء الباب.

ثم قالت جوجونيا:

أنا لن أنسى معروفك هذا أبدا.

أنت شاب شهم، وشجاع..

أنت حقا فارس يا جري..

كما أنك تتمتع بخصال الأمراء

فأنت محترم، وتعد وتفي بوعدك.

فالأهم من الوعد هو الوفاء به.

قررت جوجونيا أن تنقل هذا الخبر إلى مملكة الجن في وقت لاحق لأنهم أخبروها بأن المملكة سوف تختفي من الوجود، سو تختفي نهائيا من عالم البشر في حاله ما إذا تمّ قطع الشجرتين، أو حتى إزاحة الصخرتين أو ربما إحداهما فهذا سوف يحدث خللا في البوابة أو ربما يمسحها إلى الأبد.

ولن تصبح هناك صلة وصل بين العالمين، عالم البشر وعالم الجن.

وفي تلك اللحظة، وفي تلك الحالة أيضا، لن تستطيع العبور إلى مملكة الجن فتلك الشجرتان هما اللتان كانتا تصنعان تلك النافذة، نافذة عالم البشر التي تطل على عالم الجن.

قضت جوجونيا بعض الوقت الجيد، والذي كان له طعم ونكهة مميزة لقد كان أجمل وقت تقضيه مع شخص لطيف ومحترم، وقد رافقته إلى الغابة وقطفت بعض الأعشاب ثم رجع إلى بيتها فجلس خارجا، حيث كان هناك كرسي خشبي تحت نافذة بيتها، فأعدت له كوب شاي وقضى المزيد من الوقت، ثم غادر لأنه لديه عمل.

بعد الظهر ذهاب جوجونيا مع صديقاتها إلى مملكة الجن وأخبرتهم بكل ما حدث معها.

أخبرتها الجدة بأن المملكة سوف تختفي، والبوابة أيضا ولم تكون هناك صلة وصل أو بوابة إن تمّ هدم نافذة البشر التي تربط بين العالمين.

طمأنتها جوجونيا وأخبرتها بأن جيري قطع لها وعدا بالحفاظ على البوابة، دون أن يعلم حقيقتها، لأنه لا يمكنها اخبار أي احد بالأمر.

أبقت جوجونيا أمر نافذة البشر سرا عن جيري، سر لا يمكنها أن تخبر أي أحد عنه كما فعلت جدتها قبلها، والتي عاشت كل حياتها وهي تتجول بين عالم البشر وعالم الجن، دون إخبار أي أحد بالأمر.

## الحب والزواج


توطدت علاقة جوجونيا بالفارس جيري الذي تحدى الملك بطلبه الزواج من فتاه فقيرة، فجاء ذات يوم وأخبرها عن حقيقة الأمر.

أخبرها بأنه سوف يخرج من معركة، ولا يعرف إن كان سيعود لذا هو يريد أن يقول لها كل الحقيقة.

قالت:

أية حقيقة؟

وقال:

إنه أمر كنت أخفيه عنك يا جوجونيا

**جوجونيا:**

لقد بدأ القلق ينتابني هيا اخبرني يا جيري ما هو؟

**الفارس جيري:**

اسمي جيرارد، وأنا جيرارد الأمير نفسه ابن الملك

**جوجونيا:**

ولما أخفيت الأمر عني وكل هذه المدة.

**الفارس جيري:**

لقد خفت أن تنفري مني أو تهربي.

أردتك أن تتعرفي علي أنا على حقيقتي.

لم أكن أريدك أن تعامليني على أنني الأمير وابن الملك

**جوجونيا:**

ما كان عليك أن تخفي الأمر عني.

**الفارس جيري:**

أرجوك سامحيني..

**جوجونيا:**

أنت لازلت جيري بالنسبة لي، الفارس الشهم النبيل الذي أحببته، ولكن لا تخفي عني شيئا منذ اليوم.

**الفارس جيري:**

شكرا يا حبيبتي..

لدي خبر آخر، ولكنه ليس بالخبر الجيّد.

**جوجونيا:**

وما هذا أيضا؟

**الفارس جيري:**

والدي يعارض زواجنا.

**جوجونيا:**

لما عساه يفعل ذلك

**الفارس جيري:**

ليس لديه نفس تفكيرنا كما إنه يفكر بالسياسة دائما

**جوجونيا:**

إنه الملك.. ويستطيع أن يفرق بيننا.

**الفارس جيري:**

لا أحد يستطيع أن يفرق بيننا

**جوجونيا:**

أنا أحبك يا جيري ولا استطيع أن أتخيل حياتي بدونك

**الفارس جيري:**

وأنا أيضا أحبك، ولا أريد أن أعيش بدونك

فاتكأت عليه برأسها، وقد شعرت بالأمان في كلماته

فأكمل كلامه، وقال:

أنا أريد الزواج بك أنت يا جوجونيا، ولن أتزوج
غيرك، مهما حدث.

وإن عدت حيّا من الحرب، سوف نتزوج حتى رغما
عن إرادة والدي

هذا كان قرار جيري، الذي أخبرها به قبل خروجه إلى
تلك الحرب التي تبدو صعبة من ملامحها.

لم يكن من المضمون عودة جيري حيا، لقد كان الجميع
يعلمون بان هذه الحرب سوف تكون حربا ضارية،
وسوف يذهب جراءها الكثيرون.

فبالرغم من أن جيش الملك كان قويا وكبيرا، ورغم أنه كان عدد الجنود هائلا، إلا أن جيش العدو متعود على خوض حروب والفوز بها، والجميع كان متخوفا من هذه الحرب التي سوف تغير خريطة المملكة، إن هزم جيش الملك.

رغم فرحت جيري وسعادة جوجونيا لطلب جيري أو جيرارد الأمير الزواج منها، إلا أن الحزن كان يخيّم عليها، وذلك لسببين هما:

**الأول:**

السبب الأول هو أن والده لا يوافق على هذا الارتباط

**والثاني:**

أنه سوف يخرج في حرب ومعركة، يقول بأنه قد لا يعود منها.

خرج جيري للحرب، واستمر غيابه لمدة خمسة وعشرون يوما، وكانت كل الأخبار تقول بأن المعركة حاسمه وقويّة وأن جنود الجيش الخصم أقوياء، وكانت الأخبار تأتي ببعض التفاصيل التي لم تكن جيدة.

أخبار لا تصب في صالح الأمير جيرارد وجيشه.

أما جوجونيا فقد كانت كثيرة صلاة والدعاء لكي يرجع إليها حبيبها جيرالد سالما.

كانت تسهر ليلا تدعو لسلامته، كانت تدعو له بالخير والانتصار والعودة إليها سالما، ولم تكن تنام جيّدا ولا تأكل ولا تشرب حتى.

ولكن الجنيات كن يصررن عليها لكي تتناول بعض الطعام من أجل أن تحافظ على صحتها من أجل جيري.

لقد سافر حبيبها وتركها رفيقة للتوتر والقلق والحزن، الحزن الذي لا يفارقها، لقد كانت خائفة كثيرا من أن لا

يعود حبيبها جيري، فهذا الاحتمال كان وارد، لأن الحرب كانت تبدو صعبة جدا حتى قبل أن تبدأ.

كانت جوجونيا تفكر فيه طوال الليل، وهي خائفة من أن تفقد كل عزيز على قلبها، فقد فقدت والديها ثم جدتها، وها هي اليوم خائفة من أن تفقد حبيبها، وحبيب قلبها الذي كانت ترى بأنها لن تستطيع العيش بدنه.

فما هي الحياة بلا جيري؟

وما فائدة العيش؟

كلّما راودها هذا الاحتمال، كانت تختنق ولا تستطيع التنفس بشكل جيّد.

## عودة من الموت


وفي يوم.. خرجت جوجونيا من نافذة البشر، بعد أن جاءها العديد من الجن والأقزام بأخبار عن عودة بعض الجنود، فخرجت مصر لتتفاجأ بما وجدته، لقد وجدت جيري هناك ملقا على الأرض بعد أن سقط من على حصانه، وهو جريح.

خافت عليه كثيرا، وسقطت فوق فوقه تبكي، ظنت أنه ميّت، لكن الأقدام والجنيات ساعدوها على حمله،

وادخاله من نافذة البشر إلى عالم الجن، حيث تمت معالجته حتى أصبح أفضل، ولكنه مازال فاقدا للوعي.

ساعدها الأقزام مرة ثانيه بنقله من عالم الجن، الذي بقي فيه لنصف يوم بالكامل، وأخذوه معها إلى بيتها فوضعته في سريرها، ولم يصح حتى الصباح.

عندما استيقظ وجد نفسه في سرير، ومكان لم وسرير لم يتمكن من التعرف عليهما أو أين هو، وقد كانت جراحه شبه ملتئمة، وذراعه مغطاة بشاش فأحس ببعض الألم ولكنه بخير، وعندما خرج من الغرفة، وجد حبيبته، ملاكه الحامي نائمة على كرسي هناك.

تأمل جمالها واعتقد بأنه في الجنة مع ملائكة، ثم استيقظت لوحدها، رغم أنه لم يكن يريد إزعاج نومها الملائكي.

لم تصدق جوجونيا ما رأته أمامها، عندما فتحت عينيها من النوم.

فقامت من فورها وغمرت حبيبها بحضن عميق، ولم تكن تصدق أنه قد رجع إليها.

لقد عاد إليها حبيبها جيري.

كانت تشعر، وكأنه قد عاد إليها من الموت، لقد كانت تعتبر تلك الحرب موتا.

ولكنه.. قد عاد.

لقد كانت فرحت جوجونيا عارمة، ولم تستطع أن تصدق، ولكنها حضنته ولمسته، وتأكدت بأن وجوده معها حقيقة، وليس حلما جميلا.

لقد عاد جيري إليها.

## الرفض المستمر

قرر جيرالد الزواج بجوجونيا، فأخذها معه إلى القصر، دون أن يخبرهم بأنه سوف يحضر حبيبته معه.

ولكن الملك الذي تفاجأ بهذا التصرف، لم يرض والده بمقابلتهما.

بل طلب منه الدخول على الملك لوحده.

ولكن الأمير قد رفض أن يترك يد حبيبته، ولم يرغب في الدخول.

فقال لهم:

إما الدخول برفقة حبيبتي، وزوجتي المستقبلية.

أو أنا أرفض الدخول على الملك.

والخيار للملك..

رغم أن الملك كان متلهفا لعودة الأمير، لكن جيرالد رفض أن تتم معامله حبيبته بهذه الطريقه، وإصرار الأمير جعل الملك يرفض دخوله مع تلك الفتاة.

بعد تصرف الملك الذي كان قاسيا، قرر الأمير التخلي عن القصر، والتخلي عن اللقب وعن حياة الأمراء.

لقد قرر الأمير أن يتخلى عن والده الملك، وخرج من القصر مع قراره بعدم العودة إلى هناك مجددا.

وقرر أن يتزوج حبيبته وأن يعيش معها في بيتها، وأن يصبح من عامة الشعب، مجرّد شاب أو فارس يعيش في الغابة مع حبيبته وزوجته.

لقد قرر أن يتخلى عن حياة الملوك والأمراء، وترك وراءه حياة القصور، وقرر أن يعمل في الغابة وأي عمل هو قادر عليه.

لقد كان يرى بأن جوجونيا كانت فتاة شجاعة تعيش لوحدها في الغابة، وتعيل نفسها من صنع العلاجات والأدوية لذا قرر أن يحتذي بحبيبته، وأن يعيش معها، والعمل لن يقف عائقا في طريقه.

فقد كان قوي البنية يستطيع العمل كحطاب أو ربما سوف يفكر في عمل ما فيما بعد.

المهم أن يحقق أحلامه وسوف يعتمد على نفسه، وعلى قوته الجسدية.

أكثر أمر لم يكن يتخيل فقدانه هو حبيبته التي كان يفكر فيها في الحرب، وبين السيوف والدماء والجثث، وكانت هي الحافز والمشجع لكي يعود حيا فقط من أجلها.

الأمير لا يستطيع حتى أن يقرر مصيره، فأراد والده أن يعاقبه على فعلته، ولكنه هذه المرة كان قد قرر ولأنه لم يجد ما يمكنه فعله لذا كان مصرا على ما يريده ولم يكن ليتراجع أبدا ولا بأية وسيلة.

عاد الأمير وارتبط بحبيبته، وعاش معها في بيت الغابة، كانت حياتهما مليئة بالسعادة، فجوجونيا تقوم ببعض الخلطات العلاجية يساعدها في إعدادها، ومنها يبيعانها فيعيشان منها.

**عهد الحب**


ومرت السنوات، فأنجبت جوجونيا لجيري بنتا جميلة تشبهها وولدا صغيرا.

كان جيري يسأل جوجونيا أحيانا عن بعض الأعشاب التي لا يجدها عامة الناس، بينما هي تغيب فقط لنصف ساعة وتحضرها معها من أين؟

و أين تجدها؟

لكنها كانت تطلب منه عدم السؤال، لأنها لا تستطيع الإجابة على مثل تلك الأسئلة.

وكان جيري يحترم صمتها، عندما هي تلتزم الصمت.

كما أن جوجونيا كانت تطلب منه فقط القيام بأمرين اثنين.

## أولهما:

الاعتناء بطفليهما عندما تكون هي خارجا في الغابة.

## والثاني:

العناية بالغابة وبالأشجار التي تحبها، وخاصة الشجرتان والصخرتان.

وقد كانت قد أخذت منه وعدا بذلك، فقد كانت تخرج أحيانا معه في النزهة إلى الغابة، ومنذ أول يوم زواج لهما فقد فقام حفل زفافهما أمام نافذة البشر، وتعاهد على الحب هناك لأن جوجونيا ومن دون أن تخبر جيري كانت تريد لكل الجن أن يشاهدوا زفافها عبر

نافذة البشر، ومنهم من خرج إلى الغابة وشارك في الاحتفال، ومنهم من شاهده عبر النافذة.

وقد كان أحد العهود بأن يحافظ جيري على حبيبته وحبه، وأيضا على سبب تعارفهما الشجرتان، واللتان كانت تعنيان لجوجونيا الكثير لأنهما تذكرانها بجدتها قريبتها الوحيدة التي قامت بتربيتها ورعايتها.

## قسم الحب

كان جيري يلاحظ بأن ابنته ذات ثلاث سنوات، تكلم نفسها كثيرا، لكن أخبرته بأنها تمتلك مخيلة وأصدقاء خياليين كان الأمر جميلا، لكنه مبالغ فيه أحيانا.

وقد كان جيري يشعر بالأسى أحيانا، ويشتاق لوالده كثيرا، وقد أخبر جوجونيا في مرات عديدة بأنه يريد أن يذهب إليه يوما ما، ويعتذر منه رغم أنه لم يرتكب خطأ، ولكنه يشعر بالحزن.

لأنه كان مقربا من والده جدا، كما أنه لا يصدق مدى قسوة والده، والزمن إذ لم يفرح معه في زواجه، ولم يشهد ولادة أطفاله، ولم يتعرف عليهما حتى.

كانت دوما جوجونيا كلّما قررت الخروج إلى الغابة قبلت زوجها وأخبرته كم هي تحبه، وسوف تحبه إلى الأبد

وكانت تقسم بحياتها، وحياتي أطفالها، وحياته هو أيضا، وكان هناك قسم آخر تردده، كانت تقسم بالشجرتين والصخرتين اللتان تشكلان نافذة.

وكان جيري يقسم لها بكل ما يحب، و بأنه سوف يحميها هي وأولاده فتطلب منه أن يكمل قسمه بحماية الشجرتين والصخرتين.

وكان يفعل ذلك دائما.

## فراق الملك والوالد


وفي يوم كان جيري الذي لم يزر القصر منذ أكثر من أربع سنوات، ولم يزره أحد طوال كل تلك المدة، كان يلعب مع طفليه في بيته، بينما كانت جوجونيا في فترة الظهر خارج البيت، لقد كانت في الغابة.

وإذا بالباب فجأة يتم دقه بعنف وقوّة، وعندما فتح الباب وجد أحد الحراس القادمين من القصر، والذي

أخبره بأنه يتم استدعائه، لأن والده يودع الحياة فقد
سقط عن حصانه وهو في طريقه في الغابة، ويظنون
أنه قد يموت في أية لحظة لأن إصابته خطيرة،
وأخبروه أن والده يطلبه بسرعة.

لكنه لم يصل في الوقت المناسب لأنه والده ودع
هذا العالم فُجِع جيري لما حدث لوالده، الذي ترك له
وصيّة يتأسف منه فيها، وقد كانت أمنيته الأخيرة أن
يراه قبل أن يموت وأن يرى أحفاده.

تأثر الجري بما تركه له والده، والكلام الذي لم
يستطع أن يخبره به، وحزن لهذا الوضع كثيرا.

حزن لهذا الوضع الذي انتهى بهما، هكذا لقد كان
حزينا كما أن الخدم في القصر كانوا يحاولون منعه من
دخول غرفة والده.

لأن حالته أو حاله الجثة كانت سيئة جدا، لكنه دفعهم ودخل ودموعه تنهمر، حتى رأى والده شبه مهشّم العظام جراء تلك السقط القوية التي سقطها.

وكان هذا كلام الطبيب، فلولا وجودك الشجرتين وصخرتين لما وقع والده بهذه الطريقة ولما مات.

لقد مات والده بسبب تلك الشجرتان والصخرتان اللتان كانتا سبب تعرفه على زوجته جوجونيا، والتي وعدها بأنه لن يلمسهما أي أحد، وهذا وعد أخذه على الملك، الذي أعطى أمرا بعدم التعرض لأشجار الغابة بالقطع والضرر، إلا في حالة الضرورة والحاجة.

## تأنيب الضمير وفورة الغضب


شعر جيري بالذنب، لأنه هو من أمر بعدم قطع تلك الشجرتين، ولم يقم بإزاحة الصخور عن الطريق، فلولا كل هذا لكان والده لازال حيا.

لقد انتابه شعور بالذنب وكأنه هو بالفعل من قتل والده، وكأنه قد قتله بيده.

وليس الأمر متوقف عند هذا الحد، بل قد كان يشعر بتأنيب الضمير وبالحزن الشديد، لأن والده قد توفي وهو غاضب عليه.

فقد كانت العلاقة بينهما منتهية ومتأزمة، وأخر لقاء بينهما منذ سنوات لم يجر على ما يرام.

وقد كانت تلك الحادثة الأخيرة بينهما، فهو حتى لم يره من قبل ذلك، فقد خرج للحرب، وكان قد هدده وأخبره بأنه إن لم يوافق على زواجه بجوجونيا، فهو سوف يترك القصر ويغادره إلى الأبد.

ومنذ ذلك الوقت لم يره.

لقد كان يعلم بأنه قد مات حزينا وغاضب عليه، وهذا ما قد زوّد حزنه وضاعفه إلى درجات كبيرة.

كان يبكي على والده بحرقة، وقد تعددت الأسباب، فقد كان غاضبا منه كما أنه هو من تسبب في قتله.

لم يستطع أن يقتنع بأنه قضاء وقدر، بل كان يشعر بأنه هو المذنب الوحيد والرئيسي، ولولا عناده لكان والده مازال على قيد الحياة.

كما أنه كان يشعر بشعور فظيع.

فكيف أنه قد جعل والده يغضب منه وهو ابنه الوحيد.

لقد كان يرى بأن تصرفاته قد كانت أنانية.

ولكن والده لن يعود.

**لقد مات الملك**

ولولا القرار الذي أصدره الملك بطلب منه، لما مات والده.

لقد شعر بالذنب، لأنه أخذ وعدا على الملك، لكي لا يقطع الأشجار، وقد كان الملك يرغب في فعل ذلك لفائدة الجنود، الذين كانوا قد رفعوا طلبا بذلك إلى الملك في حد ذاته، ولكن الملك قد فضل الأمير عن الجنود.

وها هو الملك اليوم يموت بسبب طلب قد حققه للأمير على حساب الجنود، ذلك الأمير الذي لم يكن

مطيعا لوالده الملك، وقد تمرّد عليه وترك القصر وعصى أوامره.

لقد كان يشعر بأنه ولد عاق وأمير لم يحترم مكانته ولا مكانة والده الملك.

## خيانة الثقة وفقدان كل شيء


بسرعة الرياح توجه الأمير إلى حيث نافذة البشر،
وكان الشرار يخرج من عينيه بسبب ما حدث،

وفور وصوله قطع أول شجرة حيث كانت حبيبته
جوجونيا تهم بالخروج من البوابة إلى عالم البشر
فأحست بان البوابة بها أمر ما قبيل أن يقطع الشجرة
بالكامل وقد كان الجن خائفون كثيرا بسبب مما يحدث
في البوابة.

ورغم تخوف الجن إلا أن جوجونيا قد طمأنتهم وذلك لأنها كانت ترى حبيبها في الطرف الآخر من البوابة وهي تعرف بأنه لن يقدم على فعل شيء يؤذي أي أحد.

وعندما التفتت للوراء كانت جوجونيا متلهفة للخروج، من أجل حبيبها ورؤيته وضمه لأنها كانت يمر عليها وقت طويل في عالم الجن، فتشتاق لحبيبها كثيرا.

وما إن وضعت رجلها خارج النافذة حتى ضربها جيري، وهو يريد بذلك قطع الشجرة، لكنه قطع الشجرة، وقتل زوجته وحبيبته في نفس الوقت، ودمر نافذة البشر، ودمّر نفسه وحياته، وسقطت جثتها بين يديه، فقد قطع صله الوصل بين العالمين.

فبقي جزء من الجن والأقزام خارجا، وحبس البعض
الآخر داخل ذلك العالم دون مخرج إلى عالم البشر
وأخلف وعده لحبيبته، والتي فقدها إلى الأبد

# Sommaire